GRANDES CLÁSSICOS

O Essencial dos Contos Russos

© Sweet Cherry Publishing

The Easy Classics Epic Collection: War and Peace. Baseado na história original de Leo Tolstoy, adaptada por Gemma Barder. Sweet Cherry Publishing, Reino Unido, 2021.

Dados Internacionais de Catalogação na Publicação (CIP)
Angélica Ilacqua CRB-8/7057

Barder, Gemma
    Guerra e paz / baseado na história original de Liev Tolstói ; adaptada por Gemma Barder ; tradução de Willians Glauber ; ilustrações de Helen Panayi. - Barueri, SP : Amora, 2022.
    128 p. : il. (Coleção Grandes Clássicos : o essencial dos contos russos)

ISBN 978-65-5530-430-5

1. Ficção russa I. Título II. Tolstói, Liev III. Glauber, Willians IV. Panayi, Helen V. Série

22-6618   CDD 891.73

Índices para catálogo sistemático:
1. Ficção russa

1ª edição

Amora, um selo editorial da Girassol Brasil Edições Eireli
Av. Copacabana, 325, Sala 1301
Alphaville – Barueri – SP – 06472-001
leitor@girassolbrasil.com.br
www.girassolbrasil.com.br

Direção editorial: Karine Gonçalves Pansa
Coordenação editorial: Carolina Cespedes
Tradução: Willians Glauber
Edição: Mônica Fleisher Alves
Assistente editorial: Laura Camanho
Design da capa: Helen Panayi e Dominika Plocka
Ilustrações: Helen Panayi
Diagramação: Deborah Takaishi
Montagem de capa: Patricia Girotto
Audiolivro: Fundação Dorina Nowill para Cegos

Impresso no Brasil

Guerra e Paz

Leo Tolstoy

amora

OS BEZUKHOVS

Conde Bezukhov
Chefe da família

Pierre Bezukhov
Filho

OS BOLKONSKYS

Príncipe Bolkonsky
Chefe da família

Andrei Bolkonsky
Filho

Marya Bolkonsky
Filha

OS KURAGINS

Príncipe Kuragin
Chefe da família

Helene Kuragin
Filha

Anatole Kuragin
Filho

OS ROSTOVS

Conde Rostov
Chefe da família

Condessa Rostov
Esposa

Nikolai Rostov
Filho

Natasha Rostov
Filha

Sonya Rostov
Prima

CAPÍTULO UM

Pierre Bezukhov estava no canto de um enorme salão de baile. E observava pessoas bem-vestidas flutuando entre si, sorrindo e conversando. Ele gostaria de conversar tão bem quanto o arrojado Anatole Kuragin, ou até mesmo quanto seu grande amigo Andrei Bolkonsky.

Mas Pierre achava difícil frequentar festas como essa.

Andrei era um oficial alto e bonito, especialmente quando usava seu uniforme de cerimonial. As pessoas se sentiam atraídas por ele, apesar de Andrei aparentar estar mais quieto e reservado desde que se casou no início do ano.

Anatole havia chegado com seu pai, o príncipe Kuragin, e com a irmã, Helene. Anatole e Helene eram, de longe, os jovens mais bonitos do salão. E gostavam de chamar atenção.

Anatole dançou com várias mulheres diferentes, enquanto Helene pareceu não notar quando Pierre se atreveu a convidá-la para dançar.

Pierre ficou aliviado quando Andrei sugeriu que saíssem mais cedo da festa e fossem até a casa dele para tomar um drinque próximo da lareira. Ver os amigos de personalidade mais confiante dançarem e falarem sobre a guerra contra a França cansava Pierre.

Eles então foram para a bela casa de Andrei no centro de Moscou. A esposa dele, Lise, decorara a construção com o que havia de mais moderno.

— Gostaria de saber me comportar como você — suspirou Pierre,

relaxando em uma das poltronas. —
Você parece estar sempre tão feliz e à
vontade nas festas.

Andrei balançou a cabeça.

— Talvez, mas não me sinta
propriamente feliz e tão à vontade
como está dizendo, meu amigo. Sou
casado com alguém que não amo e
estou indo para a guerra só para fugir
desse meu erro. Prometa para mim
que você nunca fará a mesma coisa.

Pierre entendeu que Andrei
estava arrependido de ter se casado
com Lise. Eles tiveram pressa para
casar e agora estava claro que suas
personalidades não combinavam. Por
isso Andrei estava indo lutar pela

Rússia contra Napoleão e o exército francês.

— Andrei, você conhece os meus sentimentos em relação à guerra — disse Pierre. — Não acredito que lutar seja a resposta. Vou tentar escolher minha esposa com muito cuidado. Se alguém me quiser, claro!

Os dois amigos riram amigavelmente.

CAPÍTULO DOIS

Na noite seguinte, Pierre foi convidado para um jantar com a família Rostov. Ao contrário do baile formal do dia anterior, o evento com os Rostovs foi alegre. Eles eram acolhedores e generosos, e organizavam festas e jantares com frequência. Pierre conhecia a família desde sempre e se sentia à vontade com a companhia de todos os membros da família.

— Pierre, meu garoto! — disse o conde Rostov ao abraçar o rapaz. —

Venha e junte-se a nós.

Pierre viu uma cadeira vazia ao lado de Natasha, filha dos Rostovs, e se apressou para sentar-se ali. Pierre e Natasha eram grandes amigos, e ela o cumprimentou com um sorriso caloroso.

— Graças a Deus você está aqui — disse Natasha. — Sem você, eu seria a única pessoa jovem por aqui, além do meu irmão e de Sonya. E eles só têm olhos um para o outro!

Depois do jantar, Pierre, Natasha, Nikolai, o irmão dela, e a prima Sonya foram para o salão jogar cartas e conversar longe dos convidados mais velhos.

— Pierre! Lutar pela Rússia é uma coisa que todo jovem precisa fazer! — declarou Nikolai.

Pierre sorriu diante da empolgação do amigo, ainda que discordasse.

— Vou sentir sua falta quando você for embora, Nikolai — disse Sonya.

— E eu a sua — disse Nikolai. —

Mas tenho quase vinte anos. Preciso provar que sou um homem de verdade.

Natasha sorriu para o irmão mais velho. Ela se lembrava dele com seus soldadinhos de brinquedo quando ainda era menino. E agora ele estava prestes a ir para a guerra.

Balançando a cabeça, Pierre respondeu:

— Se todos os problemas do mundo pudessem ser solucionados com uma boa conversa em vez de lutas e afins, aí sim, eu seria um homem feliz.

Antes que Nikolai pudesse argumentar, a mãe dele entrou na sala.

— Está ficando tarde — disse a condessa Rostov. — Natasha e Sonya, está na hora de irem se deitar.

Enquanto se despediam, ouviram uma forte batida à porta. Era um mensageiro que estava procurando Pierre.

— É o meu pai — disse Pierre, enquanto lia o bilhete. — Ele está muito doente. Preciso ir vê-lo.

Natasha o abraçou, mas a preocupação já havia se espalhado por seu lindo rosto. E ela ficou observando enquanto a carruagem dele se afastou no meio da noite.

O conde Bezukhov, pai de Pierre, morava em uma das maiores casas da cidade. Ele era rico e tinha uma grande quantidade de terrenos e fazendas ao redor de Moscou.

Quando viu o pai cercado por médicos, Pierre sabia que ele iria morrer logo. E ficou ao lado do conde, segurando sua mão, até o último suspiro.

Pierre não conhecia o pai tão bem quanto a maioria dos outros filhos. O conde Bezukhov havia mandado Pierre para um bom internato quando ele ainda era muito novo.

Mas os amigos de Pierre

sempre comentavam que o conde Bezukhov falava dele o tempo todo. Pierre era de longe o filho favorito. E, justamente por esse motivo, Pierre herdou toda a fortuna do pai. E agora ele havia se tornado o mais novo conde Bezukhov.

Pierre então retornou ao seu apartamento nas primeiras horas da manhã, para pensar na vida que o aguardava. Como poderia ser um dos homens mais ricos de Moscou com apenas 27 anos de idade? E ainda tinha dificuldade para convidar alguém para dançar! Aquilo era demais para Pierre imaginar.

CAPÍTULO TRÊS

Pierre gostaria de conversar com Andrei sobre seu pai e sobre essa novidade, mas acabou não indo procurá-lo. Andrei havia saído na manhã seguinte ao baile para ir à casa do pai no campo.

— Não quero que você vá embora —, disse Lise, esposa de Andrei. — Em breve darei à luz nosso bebê.
— Lise colocou a mão na barriga já arredondada. Embora Andrei estivesse feliz por ser pai, não conseguia amar a esposa da forma como deveria.

Quando se conheceram, Andrei acreditava que o bom humor de Lise equilibraria o seu mau humor. Mas, com o passar do tempo, ele percebeu que os dois não combinavam. Lise queria que eles fossem um dos casais mais populares de Moscou. Já Andrei ansiava por uma vida quieta e mais tranquila. Portanto, tudo o que ele podia fazer agora era se alistar como voluntário para lutar pela Rússia, na intenção de fugir da culpa que sentia.

— Meu pai e minha irmã cuidarão de você — disse ele, gentilmente.

Conforme a carruagem seguia a longa estrada até a casa da família de Andrei, ele pôde ver sua irmã

mais nova, Marya,
correndo para
cumprimentá-los.
Bald Hills
era grande e
confortável,
porém, Lise não tinha
a menor vontade de ficar ali. Afinal,
aquilo significava que ela estaria
longe dos muitos amigos que tinha na
cidade.

— Estou tão feliz em ver você —
disse Marya, enquanto ajudava Lise a
entrar na casa.

— Saia desse frio. Você vai acabar
nos deixando congelados — vociferou
o príncipe Bolkonsky.

O pai de Andrei e Marya era velho e muito rabugento. Ele nunca havia se recuperado da morte da esposa. Muitas vezes usava apenas um roupão e uma touca de dormir, não importando a hora do dia.

Por sorte, Marya não era parecida com o pai em nada. Ela era quieta, mas carinhosa e amava a família acima de qualquer coisa no mundo. Andrei era sete anos mais velho que Marya e cuidava dela desde a morte da mãe. Eles brincavam juntos enquanto o pai perambulava irritado pela casa. À medida que se tornaram adultos, Andrei e Marya encontraram forças e amizade um no outro.

Depois de alguns dias em Bald Hills, havia chegada a hora de Andrei partir. Marya escondeu a dor e a preocupação que sentiu quando deu um abraço de despedida no amado irmão.

Lise estava aos prantos. Ela não sabia se Andrei voltaria e tinha medo

de ficar sozinha com um bebê, longe dos amigos de Moscou.

O príncipe Bolkonsky deu um tapinha um tanto rude nas costas do filho e disse para ele não demorar. Lá no fundo, ele se estava triste e preocupado com o que poderia acontecer com o filho. E desapareceu pela casa antes de Andrei entrar na carruagem.

Entretanto, Andrei só conseguia sentir uma única emoção ao ver a casa da família e sua esposa desaparecerem ao longe: alívio.

CAPÍTULO QUATRO

Pierre era agora o homem mais popular de toda Moscou. Ele era jovem, solteiro e muito rico. E, de repente, passou a receber inúmeros convites para bailes e óperas, quase todas as noites.

Com Andrei Bezukhov, Nikolai Rostov e Anatole Kuragin na guerra, Pierre sentia falta dos amigos. Mas isso não significava que estava sozinho. Na verdade, muita gente queria ser próxima dele. Especialmente as famílias que queriam casar Pierre com uma de suas filhas, para que, assim, elas pudessem ficar com uma parte de sua fortuna.

A irmã de Anatole Kuragin, Helene, era uma das mulheres mais bonitas de Moscou. No passado, sempre que Pierre a via nos bailes e tentava falar com ela, Helene avistava um amigo com quem precisava desesperadamente conversar. Até que, naquela noite, em outro baile, Helene de repente pareceu bem interessada em conversar com Pierre.

— Minha filha precisa de um parceiro de dança — disse o príncipe Kuragin, pai de Helene, ao oferecer a mão dela para que Pierre a levasse.

— Eu... eu ficaria honrado em dançar com ela — disse Pierre.

Inicialmente, ele se sentiu estranho e inseguro. E depois se deu conta de não tinha muito o que dizer a Helene. Mas, por sorte, ela facilitou as coisas, falando muito sobre si mesma.

Pierre só concordava, sorria e tentava não pisar nos pés de sua parceira de dança.

Daquele dia em diante, o príncipe Kuragin conseguiu colocar a filha ao lado de Pierre em todos os jantares, todas as óperas e todos os bailes a que os dois iam.

— Espero que não se importe em me ver de novo, disse Helene. — Meu pai acha que nós combinamos.

Pierre corou. Ele sabia que não era tão bonito quanto a maioria dos outros homens que estavam no salão, mas ainda assim Helene olhava apenas para ele.

— De jeito nenhum — respondeu Pierre. — Eu gostaria de me sentar ao seu lado todas as noites da minha vida.

— Então está resolvido! —exclamou Helene. — Vamos nos casar!

Mas Pierre não conseguia falar. Ele nunca havia pensado em casamento antes, porém, se uma mulher tão maravilhosa quanto Helene queria se casar com ele, não poderia dizer não.

CAPÍTULO CINCO

Agora que Helene estava noiva de Pierre, o príncipe Kuragin tinha um novo plano em mente. Ele queria que seu filho, Anatole, se casasse com alguém tão rico quanto Pierre. E enviou uma carta para o príncipe Bolkonsky perguntando se Anatole poderia se encontrar com a princesa Marya.

— Bem, lá está ela — disse o príncipe Bolkonsky, acenando com a mão na direção de Marya.

O príncipe Kuragin e Anatole

tinham ido até Bald Hills para passar o dia com os Bolkonskys.

A gravidez de Lise já estava muito avançada para que ela recebesse convidados, então Marya estava sozinha com o pai.

— É um prazer conhecê-la —disse Anatole ao beijar a mão de Marya, que sorriu.

Marya não estava acostumada com homens prestando tanta atenção nela. O único que via com frequência era o pai, e eles só conversavam na hora das refeições.

Depois do chá, o príncipe Kuragin sugeriu que Marya e Anatole passeassem juntos pelo jardim, caso o príncipe Bolkonsky não se importasse.

— De maneira alguma — ele disse em voz alta. — A princesa Marya pode fazer o que quiser!

Marya levou Anatole a um lindo jardim de rosas.

— Peço desculpas pelo meu pai. Ele não tem muito tempo para eventos sociais — disse ela.

— Ele já deve estar cansado de receber muitos pretendentes que vêm até sua casa para impressioná-la — respondeu Anatole.

Maria franziu a testa.

— Eu não tenho muitos pretendentes — respondeu, honestamente.

— Isso não pode ser verdade! — exclamou Anatole. — Não com essa sua beleza.

Marya era uma pessoa inteligente. Embora não fosse feia, sabia que não era dona de uma grande beleza. E então, ficou claro para ela que Anatole havia recebido ordens do pai para bajulá-la sempre que tivesse uma chance.

Marya olhou para Anatole. Ele era realmente um homem muito bonito. Mas havia algo nele em que ela não confiava.

Quando Marya e Anatole voltaram para a sala de estar, o príncipe Bolkonsky disse:

— Certo, vamos logo com isso.

— O que quer dizer com isso? — respondeu o príncipe Kuragin.

O príncipe Bolkonsky suspirou.

— Ora, pare com esse fingimento. Você quer que seu filho se case com a minha Marya porque ela é rica — ele disse. — Se ela quiser mesmo se casar com seu filho, tudo bem.

Todos os olhos se voltaram para Marya. Ela era gentil, mas tinha as próprias opiniões.

— Agradeço o pedido. Mas devo recusar. Quero ficar aqui mesmo onde estou, com o meu pai e a família do meu irmão.

Passou-se apenas um momento antes que o príncipe Bolkonsky batesse palmas.

— Então é isso —, disse ele, com um grande sorriso se espalhando pelo rosto, que mantinha sempre uma expressão azeda. E ele conduziu os Kuragins até a porta de sua casa.

CAPÍTULO SEIS

Semanas depois, Nikolai Rostov voltou para casa, aliviado e exausto. Lutar na guerra era mais difícil do que ele jamais tinha imaginado que poderia ser.

A família dele decidiu oferecer um dos famosos, grandes e caros jantares para comemorar seu retorno. Eles convidaram os soldados, amigos de Nikolai, além dos recém-casados Pierre e Helene.

Entre os amigos de Nikolai estava um belo soldado chamado Dolokhov.

Pierre tinha ouvido histórias, contadas por Nikolai, sobre o comportamento desse Dolokhov. Ele gostava de beber, jogar e flertar com as mulheres. Por isso Pierre avisara a esposa para que ficasse longe dele. Entretanto, Helene

parecia achar Dolokhov divertido e passou a maior parte da noite rindo de suas piadas.

Pierre começou a duvidar se tinha mesmo tomado a melhor decisão ao se casar com Helene. O amor e a atenção que ela vinha demonstrando

cessaram no instante em que se tornaram marido e mulher. Em vez de passar o tempo com Pierre, Helene gostava de jantar fora ou ir à ópera com os amigos — todos jovens e bonitos. Ficou claro que Helene só havia se casado com ele por dinheiro e status.

À mesa do jantar dos Rostovs, Dolokhov disse em voz alta:

— Como convenceu essa linda dama a se casar com você?

— Eu não sei — disse Pierre, sorrindo.

— Olhe para *ela* e depois para *você* — continuou Dolokhov, de uma forma bastante indelicada.

Pierre olhou para Helene em busca de apoio, mas a esposa estava sorrindo para Dolokhov.

— Talvez você devesse deixá-lo e se casar com alguém melhor, Helene — Dolokhov riu. — Eu estou solteiro atualmente.

Pierre ficou em silêncio. Não queria causar um mal-estar na casa dos Rostovs. E percebeu que Natasha o observava, preocupada. Era uma pessoa que conhecia Pierre muito bem e realmente se importava com ele. Ela gostava de estar na companhia de Pierre. Natasha teria sido a esposa perfeita para ele, pensou.

Quando chegaram em casa, Pierre perguntou a Helene o que ela achava de Dolokhov. Helena riu.

— Bem, acho que ele é muito mais interessante que você!

Pierre não sabia se era o fato de estar casado com uma mulher que não o amava, ou a provocação de Dolokhov, mas de repente sentiu uma raiva incontrolável tomar conta dele.

Na manhã seguinte, Pierre saiu para dar uma volta em um parque próximo, a fim de tentar acalmar os pensamentos. Mas, em vez disso, encontrou Dolokhov caminhando acompanhado por Nikolai.

— Veja só! —, riu Dolokhov. — É o homem que tem a esposa bonita.

Pierre tentou se afastar, com medo do que poderia dizer se respondesse àquilo.

Dolokhov gritou atrás dele.

— Diga para Helene que estou pronto para quando ela decidir que quer se casar com um homem de verdade!

Os olhos de Pierre ficaram turvos. Todos os sentimentos sobre o casamento começaram a borbulhar em seu peito. Então, ele se virou e atingiu Dolokhov com toda a força que conseguiu reunir.

— Pierre! — gritou Nikolai. — O que você está fazendo?

Pierre olhou para Dolokhov esparramado no chão com horror nos olhos. E se sentiu completamente envergonhado. Pierre cambaleou de volta para a enorme casa onde morava. Caiu para trás em uma poltrona e encarou o teto.

— Qual a minha utilidade para o mundo? — perguntou a si mesmo.

Ele não era um grande homem, não do tipo que estava lutando pela Rússia na guerra como Andrei, Nikolai ou Anatole. Ele só era rico e inútil.

Pierre então decidiu que havia chegado a hora de deixar a cidade e visitar as muitas propriedades e fazendas que tinha herdado do pai. Talvez assim ele conseguisse fazer algum bem.

Com as mãos trêmulas, escreveu um bilhete para Helene, dizendo que não podiam mais continuar casados. E ela poderia ficar com grande parte de sua fortuna. Dinheiro não significava nada para Pierre.

CAPÍTULO SETE

Chegou o dia do nascimento do bebê de Lise. Marya correu para o escritório de seu pai para contar a ele que o bebê estava a caminho, apenas para encontrá-lo olhando pela janela, um olhar de desespero no rosto.

— Qual é o problema, pai? — perguntou Marya.

— Leia — disse o pai dela, apontando para uma carta que estava sobre a mesa. Marya a pegou com as mãos trêmulas. Era do general Andrei.

Caro príncipe Bolkonsky,

É com grande pesar que escrevo para informá-lo que seu filho está desaparecido e foi dado como morto. Ele se ofereceu para fazer parte de uma batalha perigosa e morreu como herói.

Com as mais profundas condolências,
General Kutuzov

Marya leu a carta duas vezes antes de conseguir falar.

— Aqui diz que ele está desaparecido. Mas ainda há esperança de que esteja vivo — disse ela por fim.

— Ele está morto! — gritou o príncipe Bolkonsky, fazendo então com Marya largasse a carta, em estado de choque. — Precisamos aceitar e seguir em frente.

Marya queria gritar e chorar pelo irmão, mas não podia se deixar ser levada pela dor. Lise precisaria de toda a força de Marya. Ela poderia honrar o irmão ajudando a trazer o filho dele ao mundo.

Pouco tempo depois, uma carruagem foi vista se aproximando da entrada de Bald Hills. Achando que devia ser o médico, Marya acenou freneticamente e correu para encontrá-lo. Mas havia outra pessoa na carruagem junto com ele. Era Andrei.

Depois que a alegria e o choque levaram Marya às lágrimas, Andrei explicou tudo. Ele tinha sido ferido durante uma batalha muito violenta e ficou no campo de batalha por horas e horas antes de ser resgatado e cuidado pelos aldeões das proximidades. Foram necessários muitos dias para que Andrei conseguisse retornar a Bald Hills e ele concluiu a última parte de sua jornada, graças ao médico.

— Você chegou bem na hora — disse ela, enxugando os olhos. Seu filho está prestes a nascer!

E não demorou muito para que o som do choro de um bebê pudesse ser ouvido por toda a casa. Mas, quando saiu do quarto de Lise, o médico não parecia estar feliz. Algo tinha dado errado. O bebê estava saudável, mas Lise havia morrido.

Andrei deu ao bebê o nome de Nicholas, em homenagem ao pai. Enquanto segurava o garotinho nos braços, sentiu uma tristeza enorme pela morte da esposa. Lise fora uma boa pessoa, mas ele não tinha sido capaz de lhe dar o amor que ela merecia. E então jurou a si mesmo que seria um pai melhor do que o marido que tinha sido.

CAPÍTULO OITO

Pierre respirou o ar fresco do campo. Agora ele sabia o que podia fazer com toda a fortuna que havia sido entregue em suas mãos. Suas propriedades e fazendas precisavam de ajuda. E Pierre fez planos para reparar todas elas.

Prometeu construir casas novas para os agricultores e escolas para os filhos deles. Ouviu as reclamações de cada um dos trabalhadores e pensou em formas de melhorar as vidas deles. Ainda se sentia envergonhado pelo que havia feito com Dolokhov em Moscou, no entanto, estava determinado a deixar o casamento para trás e ser um homem melhor.

Semanas depois, já de volta a Moscou, Natasha e Sonya estavam animadas.

Elas se preparavam para participar de um dos eventos mais importantes do ano, o baile de Ano-Novo do Czar.

— Mal posso esperar para dançar! — disse Natasha, rodopiando em seu vestido novo.

— E eu vou ficar de olho em você — disse Sonya. — Não vou dançar com ninguém, não enquanto Nikolai estiver na guerra.

Natasha revirou os olhos. Ela sabia que a prima estava apaixonada por seu irmão mais velho, mas não achava que aquilo era uma razão boa o suficiente para não dançar. Não quando no salão estariam as famílias mais importantes de toda a Rússia.

O salão de baile brilhava à luz das velas. Fazia frio lá fora, porém, ali dentro, as lareiras ardiam em chamas.

Os olhos de Natasha percorreram o salão de ponta a ponta para encontrar algum rosto conhecido. Até que viu Pierre e acenou alegremente para ele. Ele estava parado ao lado de um homem alto e bonito, que ela não reconheceu, mas que parecia estar triste.

— Querida Natasha, que bom ver você! — exclamou Pierre. — Desde que voltei do campo, queria visitar sua família.

— Sentimos sua falta, Pierre — disse Natasha. — Você precisa ir jantar lá em casa para contar tudo sobre a sua viagem.

Natasha olhou para o homem que acompanhava Pierre.

— Este é o príncipe Andrei Bolkonsky, um querido amigo meu — disse ele. — Andrei, esta é Natasha Rostov.

Andrei fez uma reverência quando os músicos começaram a tocar.

— Gostaria de dançar? — perguntou a ela.

— Eu adoraria — respondeu Natasha sorrindo.

Enquanto dançavam, Natasha viu a tristeza nos olhos de Andrei desaparecer. Ele não pretendia dançar no baile. Tinha ido até lá só para ver os amigos e representar a família diante do Czar.

Entretanto, quando viu Natasha, não conseguiu se conter. O rosto dela parecia irradiar felicidade. Uma felicidade de que Andrei tanto precisava.

CAPÍTULO NOVE

Com o passar das semanas, Andrei acabou se tornando um visitante frequente na casa dos Rostovs. Primeiro, ele foi tomar chá, e conheceu o conde e a condessa Rostov. Depois, perguntou se poderia levar Natasha para fazer um passeio de trenó com ele. Andrei nunca havia sentido uma felicidade como aquela antes. Natasha o fazia rir e esquecer os problemas do passado.

Até que, um dia, enquanto caminhavam pela neve dos parques públicos, Andrei perguntou:

— Você não se importa de andar ao lado de um homem velho como eu?

Brincando, Natasha deu um tapa no braço dele.

— Você é só alguns anos mais velho do que eu! — ela disse. — E estou mais do que feliz.

— Gostaria de apresentá-la para a minha família — disse Andrei.

O coração de Natasha saltou no peito.

— Eu adoraria — ela respondeu calmamente. Apesar de, por dentro, estar morrendo de vontade de dançar.

O amor também estava na mente de Nikolai, o irmão de Natasha. Ele e Sonya estavam trocando cartas enquanto ele ainda estava fora com

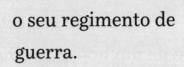

o seu regimento de guerra.

Ele a conhecia da vida inteira e sabia que Sonya estava apaixonada por ele já fazia muitos anos. Agora parecia certo que ele a pediria em casamento.

Então, dois noivados foram anunciados na casa dos Rostovs. Um deles foi recebido com alegria. Mas o outro não.

O conde e a condessa Rostov ficaram muito felizes com o noivado de Andrei e Natasha. Andrei era um homem gentil e rico: uma combinação perfeita.

Porém, não ficaram nada satisfeitos com o noivado de Nikolai e Sonya. A antiga grande fortuna dos Rostovs quase havia acabado completamente, graças aos anos de festas luxuosas. O conde e a condessa precisavam que o filho se casasse com alguém que tivesse dinheiro. E Sonya não era essa pessoa.

No dia seguinte ao noivado de Natasha e Andrei, mais uma vez Andrei chamou os Rostovs. Só que, desta vez, ele levava más notícias.

— Eu conversei com meu pai — ele disse, sentado ao lado de Natasha na sala de visitas dos Rostovs. — Ele me deu ordens para esperar um ano para nos casarmos.

O coração de Natasha se afundou dentro do peito. Ela tinha passado a noite inteira planejando o casamento dos sonhos e esperava que acontecesse o mais rápido possível.

— Mas por quê? — perguntou Natasha, mal contendo as lágrimas.

— Da última vez que me casei, não tomei a decisão certa — respondeu Andrei, com tristeza. — Papai quer que, desta vez, eu tenha realmente certeza.

Natasha disse a Andrei que ela entendia, ainda que no fundo não entendesse nada. Ela acreditava que se duas pessoas se amavam, nada seria capaz de separá-las.

CAPÍTULO DEZ

O príncipe Bolkonsky ordenou que Andrei fosse para a Suíça. Ele queria que o filho passasse um tempo longe de Natasha para garantir que o apego deles era verdadeiramente forte. Portanto, não só o casamento de Natasha seria adiado, como também ela ficaria sem ver seu noivo por muitos meses.

— Eu não entendo o pai de Andrei — disse Natasha, frustrada. — Por que ele insiste em nos separar?

— Ele deve ter seus motivos — disse

Sonya, tentando
acalmar os
sentimentos da
prima.

Mas Sonya
também tinha os
próprios problemas para resolver.
Como Nikolai estava fora, com o
regimento, ela precisava lidar sozinha
com a raiva do conde e da condessa
Rostov sobre o noivado.

Foi então que Natasha teve uma
ideia maravilhosa.

— Vou para Bald Hills visitar
o príncipe Bolkonsky e a irmã de
Andrei, Marya — ela declarou. —
Assim que me conhecerem, o pai dele

com certeza esquecerá essa espera de um ano. Vamos nos casar em um mês!

Sonya não estava convencida sobre a efetividade do plano da prima. Ela tinha ouvido dizer que o príncipe Bolkonsky era um homem bastante duro e rabugento. Preocupada com a prima, Sonya insistiu em acompanhar Natasha no dia da visita.

— Você não tem com o que se preocupar! — sussurrou Natasha, enquanto o mordomo de Bolkonsky as conduzia para a enorme sala de estar de Bald Hills.

A casa era bem maior do que Natasha poderia imaginar, mas

parecia que não a lareira não era acesa havia meses.

Depois de esperar algum tempo, Natasha e Sonya ouviram gritos.

— Não me importo se você me acha rude, Marya. Eu não vou ver essa garota!

Alarmada, Natasha olhou para Sonya. A voz devia ser do príncipe Bolkonsky.

A irmã de Andrei, Marya, entrou na sala. Ela se parecia muito com o irmão, mas era menor e tinha as feições mais suaves. Seu rosto estava vermelho e brilhante.

— Lamento fazer vocês esperarem — disse ela, sem olhar nos olhos de Natasha. — Meu pai... não está bem hoje. Talvez fosse melhor vocês irem embora.

Natasha sabia que Marya estava mentindo. Ela esperava ser recebida como filha e irmã pelos Bolkonskys. Mas, em vez disso, estava sendo enxotada como um gato de rua.

CAPÍTULO ONZE

O conde e a condessa Rostov decidiram levar Natasha à ópera, a fim de tirar Andrei de sua cabeça e fazê-la esquecer a terrível visita que havia feito aos Bolkonskys.

Natasha adorava a ópera, mas estava achando difícil se concentrar no espetáculo daquela noite. Até que, de repente, sentiu como se estivesse sendo observada. Com certeza, do outro lado da plateia, havia um jovem olhando para ela.

Natasha se sentiu corar e reconheceu o homem: era Anatole Kuragin. Ele sorriu para Natasha, mas ela rapidamente desviou o olhar.

Durante o intervalo, o conde e a condessa foram buscar uma bebida e Natasha se viu sozinha no camarote. Anatole logo deu um jeito de se juntar a ela.

— Você é amiga de Pierre, não é? — disse ele.

— Sim — respondeu Natasha. — E você é o irmão de Helene. Acho que nos conhecemos no casamento deles.

Anatole parecia triste.

— Ah, sim, é uma pena que eles tenham se separado — ele disse. —

Provavelmente não era um amor verdadeiro.

Natasha não poderia ter concordado mais.

— Você tem razão. Provavelmente não.

— Acho que, se eu encontrasse meu amor verdadeiro, jamais a

perderia de vista — disse Anatole, pegando e beijando a mão de Natasha.

Natasha sorriu e, por um instante, até esqueceu todos os seus problemas.

Na semana seguinte, Natasha não conseguiu parar de pensar em Anatole. Ele parecia ser alguém tão confiante e tão romântico. E os dois acabaram se encontrando de novo em uma festa, e conversaram a noite toda.

— Minha querida Natasha, meu coração ficou partido por saber que você está noiva de outro homem — sussurrou Anatole, enquanto se sentavam ao redor da pista de dança.

— Você não deveria dizer esse tipo de coisa — Natasha sussurrou de volta. — Não é apropriado.

— O que não é apropriado é deixar uma mulher como você sozinha — respondeu Anatole. — Se você fosse minha, eu não a deixaria nem por todo o ouro da Rússia.

Natasha começou a esquecer a dor que sentia por estar sem ver Andrei havia ano. E começou a esquecer o noivado também. Seu coração estava preenchido graças a Anatole.

CAPÍTULO DOZE

Alguns dias se passaram e Natasha mandou um recado por uma empregada dizendo que estava se sentindo mal e não desceria para o jantar aquela noite. Mas, quando foi verificar o que tinha acontecido com a prima, Sonya se deparou com Natasha ajoelhada ao lado da cama. Suas roupas estavam todas espalhadas pelo quarto e havia duas cartas abertas na penteadeira.

    Sonya pegou as cartas. A primeira era de Marya Bolkonsky. Ela pedia desculpas pelo comportamento do pai e dizia desejar que pudessem se encontrar de novo para se conhecerem de uma forma adequada.

A segunda carta era de Anatole. Ele pedia para que Natasha fugisse de casa e se casasse com ele.

— Você não pode estar pensando mesmo em ir! — exclamou Sonya, percebendo que não era verdade que Natasha estava doente. Na verdade, ela estava arrumando as coisas para fugir com Anatole.

— Por quê? — disse Natasha. — Andrei se foi. A família dele não gosta de mim. Anatole me ama!

Sonya pegou a carta de Marya.

— E isto aqui? A irmã de Andrei quer ver você novamente — ela disse.

— Isso já não importa mais. Se o pai dela está contra mim, nosso casamento está condenado — disse Natasha, pegando um lenço e o enfiando na bolsa. — E talvez *eu nem queira mais* me casar com Andrei. Anatole já disse mil vezes que me ama. Eu quero estar com alguém que lute por mim!

Sonya pôde ver que a doce e gentil prima não estava pensando direito.

Natasha agia como se tivesse sido enfeitiçada. Se fugisse mesmo com Anatole, causaria tamanho escândalo que não teria sequer permissão para ver os amigos ou mesmo os familiares outra vez.

Sonya saiu do quarto de Natasha em silêncio e pegou a chave que estava sobre a penteadeira. Então, trancou a porta, prendendo Natasha lá dentro.

Quando Sonya revelou o plano de Natasha, ao conde e a condessa Rostov ficaram chocados. Não podiam acreditar que sua filha estava planejando fugir.

Eles ainda não aprovavam o noivado de Sonya com o filho, mas ela

havia provado ser um membro leal da família ao salvar Natasha de si mesma.

Naquela mesma noite, Anatole foi mandado embora pelo Conde Rostov. E foi instruído a nunca mais falar com Natasha.

Ela, por sua vez, não sairia do quarto por uma semana. Natasha chorou e depois se acalmou. A única pessoa que ela finalmente concordou em ver foi Pierre.

— Minha amiga, como me dói vê-la chateada assim — ele disse, olhando para o rosto de Natasha molhado pelas lágrimas. — Mas receio ter outras más notícias para lhe dar.

Pierre pegou a mão de Natasha.

— Quando eu me casei com Helene, ela me disse que Anatole era um homem casado em segredo. E isso foi há muitos anos. Ele não poderia se casar com você, não importa o que quer que ele tenha prometido.

Natasha sentiu o coração se despedaçar. Ela tinha sido enganada.

— E também preciso dizer que
Andrei me escreveu — disse Pierre.
— Ele voltou para o exército... e pôs
um fim ao noivado.

Natasha entendeu. Claro que
Andrei não iria querer se casar com
ela depois da forma como ela agiu
com Anatole. Ela tinha deixado as
mentiras e a impaciência arruinarem
a chance que tinha de ser feliz. E ficou
se perguntando se algum dia teria
uma outra chance novamente.

CAPÍTULO TREZE

A guerra contra Napoleão e o exército francês piorava a cada dia que passava. As famílias de Moscou temiam pelas casas onde moravam e pelos entes queridos. Então, os generais russos começaram a ordenar que todas as famílias deixassem Moscou imediatamente. Os franceses estavam invadindo a cidade.

O príncipe Bolkonsky, Marya e o filho de Andrei, Nicholas, tinham embalado os pertences mais importantes e estavam prestes a deixar Bald Hills rumo a São Petersburgo.

Mas aquilo foi demais para o príncipe Bolkonsky suportar. Ele estava zangado por ter sido forçado a sair de casa e sentia falta de Andrei, ainda que fosse orgulhoso demais para admitir. Antes que conseguissem mandar buscar as carruagens, ele ficou extremamente doente. E como a maioria dos médicos já havia deixado Moscou para se juntar ao exército na guerra, Marya ficou sozinha para cuidar do pai. Ela conseguia ouvir as explosões e ver o brilho dos prédios em chamas a distância.

— Sinto muito, Marya — sussurrou o príncipe Bolkonsky, deitado em sua cama. — Não tenho sido um bom pai para você. Mas eu a amei, filha.

Marya segurou a mão do pai com força.

— Tente não falar, papai — disse Marya. — Eu também o amo demais.

— Diga a Andrei que tenho muito orgulho dele. — O príncipe Bolkonsky fechou os olhos e Marya o viu ir embora.

Depois que o príncipe Bolkonsky morreu, Marya ficou sozinha com Nicholas. Ela sabia que agora era perigoso demais viajar sozinha com uma criança.

Assustada e sozinha, Marya rezou pedindo ajuda. Até que ouviu uma forte batida à porta.

— Princesa Marya? — disse uma voz do outro lado. — Meu nome é Nikolai Rostov. Você está aí?

Marya abriu uma fresta da porta. Ela conhecia aquele nome.

Nikolai Rostov era o irmão de Natasha. Os dois não se conheciam, mas, assim que viu Nikolai, ela sentiu que podia confiar nele.

— Fui enviado por meu general para ajudar a evacuar Moscou — ele disse. — Minha irmã me mostrou sua casa uma vez e eu vi que a luz estava acesa. Posso ajudar?

Os olhos de Marya se encheram de lágrimas tamanho o alívio. Nikolai encontrou uma carruagem e ajudou Marya a colocar as malas nela. E ajudou Marya e o pequeno Nicholas a saírem de Moscou em direção a São Petersburgo.

CAPÍTULO CATORZE

Pierre se sentia frustrado. Todos os seus amigos estavam lutando para salvar a Rússia, e ele, se preparando para correr na direção contrária. Em vez de empacotar tudo o que havia em sua casa, como tinha sido instruído

a fazer, caminhou pelas ruas de Moscou.

Pierre não podia acreditar no que os olhos dele viam. Incêndios queimavam as casas a que ele costumava ir. Centenas de soldados marchavam pelas ruas. Ele não concordava com aqueles combates;

e agora estava envergonhado por só
ter deixado isso para os amigos.

Pierre avistou um soldado
que pensou ter reconhecido. Era
Dolokhov, o agora soldado que ele
havia acertado tantos meses atrás

— Conde Bezukhov, é você? —
perguntou Dolokhov.

— Dolokhov, acha que pode me
perdoar pelo que fiz com você? —
perguntou Pierre.

— Eu é que deveria pedir perdão
a você. Eu me comportei mal —
respondeu Dolokhov. — Mas nada
disso importa agora. Você deveria
sair daqui. Em breve haverá uma
batalha.

E de repente Pierre percebeu o que deveria fazer.

— Eu quero ajudar! —, exclamou. — Eu vou com você.

Dolokhov deu de ombros.

— Você pode vir se quiser — disse ele. — Mas eu estou avisando, essa luta será brutal.

Pierre marchou junto com Dolokhov e seu regimento pelos arredores de Moscou. O local da batalha estava repleto de tendas e trincheiras. Os homens, esparramados pelo chão, dormiam ou eram atendidos por médicos. Pierre parecia muito diferente daqueles soldados feridos e sujos.

Enquanto a batalha continuava, ele tentou ajudar os soldados da forma que pôde.

Pierre socorreu os feridos e carregou as armas. Mas em pouco tempo ele foi derrubado no chão por uma forte explosão.

Em outra parte do campo de batalha, Andrei lutava muito, porém, tinha sido gravemente ferido. Ele foi levado para um hospital de campanha e colocado ao lado de um soldado que conhecia. Um soldado que certa vez odiou. Era Anatole Kuragin.

Anatole também estava gravemente ferido. O mundo de que ambos faziam parte, o de salões de bailes e óperas, agora parecia estar muito distante. Andrei estendeu a mão para Anatole, que a pegou.

— Causei um grande mal a você — disse Anatole, tossindo.

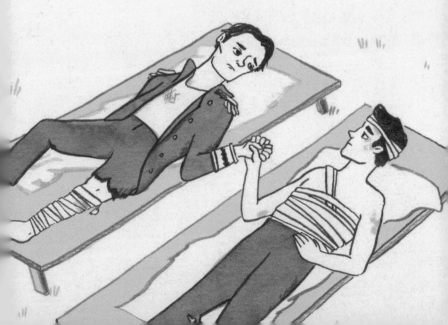

— Não temos que pensar nisso agora — respondeu Andrei.

— Será que você pode me perdoar?

Andrei havia entendido que, às vezes, as pessoas tomavam decisões erradas. E agora poderia ser gentil com Anatole antes que ele falecesse.

— Sim, Anatole. Eu perdoo você.

CAPÍTULO QUINZE

A Condessa Rostov sabia que sua família já não tinha muito da antiga fortuna. Enquanto empacotava os pertences de sua casa para deixar Moscou, ela se certificou de carregar um dos veículos com tudo o que tinha de valor.

Quando as carroças e carruagens dos Rostovs estavam prestes a deixar Moscou, Natasha avistou uma tropa de soldados atrás deles.

— Espere! — ela gritou. — Precisamos ajudá-los. Alguns deles estão feridos!

O conde Rostov concordou.

— Você tem razão. Nossas carroças e carruagens podem ser usadas pelos soldados que não conseguem andar. Podemos sair de Moscou em nossos cavalos.

A condessa Rostov ficou horrorizada.

— Essa carroça não! — lamentou, enquanto Natasha e o pai começavam a remover os itens preciosos. — Sem isso nós não teremos mais nada!

O rosto de Natasha ficou vermelho de raiva.

— Essas coisas não importam agora, mamãe — ela disse. — E se um desses soldados fosse Nikolai?

Nós iríamos querer que alguém o ajudasse, não é mesmo?

Com o pensamento do filho na guerra, a condessa acabou concordando. E ajudou a retirar os quadros, as joias e as antiguidades da carroça para dar lugar aos soldados.

A condessa Rostov viu um oficial gravemente ferido ser colocado na carroça. E imediatamente o reconheceu: era Andrei Bolkonsky.

Ela olhou mais adiante na estrada, onde estava Natasha, que não o vira.

Os Rostovs e o regimento de soldados não conseguiram viajar muito antes de terem que parar. O grupo encontrou algumas cabanas

abandonadas para se alojar e Andrei foi transferido para um quarto confortável.

A condessa Rostov não conseguia mais esconder de Natasha o fato de Andrei estar entre eles. Quando finalmente ficou sabendo, Natasha exclamou:

— Preciso vê-lo! Eu já o perdi uma vez, não posso perdê-lo de novo.

E assim, Natasha se tornou a enfermeira de Andrei. Ela trocava os curativos e mantinha a testa dele sempre fria, recusando-se a sair do lado dele.

— Perdoe-me, Andrei — ela sussurrou ao seu ouvido.

Andrei apertou sua mão.

— Você não precisa do meu perdão — ele disse. — Eu não deveria tê-la deixado.

Natasha suspirou. Parecia que um pouco da dor que ela carregava havia diminuído.

— Eu vi Anatole Kuragin — disse Andrei. Natasha endireitou-se ao ouvir o nome de Anatole.

— Anatole se feriu gravemente e eu estava segurando a mão dele quando morreu.

Natasha começou a chorar.

— Amo você, Andrei. Você é um grande homem. Eu não vou deixá-lo.

CAPÍTULO DEZESSEIS

Durante a viagem para São Petersburgo, Nikolai Rostov e Marya Bolkonsky não tiveram nenhuma dificuldade para conversar. Era como se eles se conhecessem a vida toda. Nikolai achou Marya doce e inteligente, e ela estava totalmente dedicada ao sobrinho. Marya gostava de ouvir as histórias de Nikolai sobre a guerra e os planos que ele tinha para quando tudo aquilo acabasse.

Quando chegaram a São Petersburgo, Nikolai se encontrou

com o seu general. Havia duas cartas
esperando por ele. A primeira era da
mãe.

Querido filho,

Saímos de Moscou em segurança.
Agora estamos morando em uma
pequena cidade no caminho de São
Petersburgo, enquanto ajudamos um
grupo de soldados feridos. Um dos
soldados é Andrei Bolkonsky...

Nikolai não leu mais uma
palavra sequer antes de correr até o
alojamento de Marya, para contar
as novidades. O irmão dela estava
seguro.

Os olhos de Marya se encheram de alegria e ela abraçou Nikolai, que ficou corado. Nikolai sabia que estava se apaixonando por ela. E só podia esperar que ela também sentisse o mesmo por ele.

A segunda carta que recebeu era de Sonya.

Meu querido Nikolai,

Sua família tem sido tão boa para mim. Eles já não têm muito dinheiro, mas, o que têm, compartilham comigo e me mantêm em segurança. Como não aprovam nosso noivado, acho que seria injusto continuarmos juntos. Deixo você livre de sua promessa. Está livre para se casar com quem quiser.

Sempre sua,

Sonya

Nikolai deu um profundo suspiro de alívio. Sonya era uma boa pessoa e ele se importava com ela profundamente, é verdade. No

entanto, ele agora sabia o que era o amor verdadeiro. E amor era o que ele sentia por Marya.

Nikolai não sabia, mas enquanto Sonya escrevia aquela carta para ele, o coração da jovem havia se partido em pedaços.

CAPÍTULO DEZESSETE

Pierre fora capturado pelo exército francês. Ele tinha passado inúmeras noites marchando de uma cidadezinha para outra com um punhado de soldados russos capturados.

Na primeira noite de Pierre, um soldado russo chamado Platon se sentou ao lado dele. Quando teve certeza de que os guardas franceses estavam dormindo, Platon entregou a Pierre algo pequeno no escuro.

— Pegue, senhor — disse Platon. —

Coma. Eu escondi das rações que recebemos antes da batalha. Era uma batata assada fria.

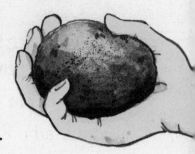

— Não me chame de senhor — disse Pierre. — Eu não sou melhor que você.

— Nós dois sabemos que isso não é verdade —disse Platon, rindo. — Para mim, está bem claro que você não é um soldado comum.

Pierre olhou para a batata como se fosse a comida mais deliciosa que ele poderia imaginar. Seu estômago roncava de fome.

A partir de então, os dois homens tornaram-se amigos improváveis.

Muitos dias depois, Pierre estava próximo de Platon, ambos tentando se aquecer em uma casa de fazenda abandonada. Eles ainda não sabiam o que os franceses fariam com eles. Não sabiam nada sobre as batalhas que estavam sendo travadas ou qual dos lados estava vencendo. Pierre só conseguia refletir sobre como sua vida poderia ter sido.

Ele sabia que nunca deveria ter se casado com Helene e nem ter sido arrebatado pelo charme dela. Até que se viu imaginando como teria sido sua vida se tivesse se casado com a pessoa certa. Natasha era a amiga mais verdadeira que havia tido e ele sempre a amou. Se ao menos tivesse encontrado coragem para dizer isso a ela...

Pierre foi acordado daquele devaneio por vozes do lado de fora. Eram tiros. A porta foi aberta. Ali, na luz brilhante do dia que de

repente preencheu o quarto escuro, estavam Dolokhov e dois outros soldados russos. Eles estavam salvos!

— Pierre? — gritou Dolokhov.

Pierre agarrou Dolokhov pelos ombros.

— Fui capturado junto com esses corajosos companheiros — disse quase rindo, tamanha a gratidão. — Estou contente por ver você.

Dolokhov e o regimento dele foram enviados para resgatar quaisquer outros soldados que haviam sido capturados pelos franceses. E ele contou a Pierre que a guerra tinha terminado. Napoleão havia desistido da invasão.

CAPÍTULO DEZOITO

Com o fim da guerra, as prestigiadas famílias de Moscou puderam retornar para a cidade e resgatar o que ainda restava de suas vidas. Todos eles haviam mudado.

Andrei Bolkonsky faleceu em paz, sob os cuidados de Natasha. A princesa Marya e o jovem Nicholas eram agora os únicos membros que restavam da família Bolkonsky. Marya herdou a fortuna do pai e estava rica, mas sozinha.

Marya escreveu para Natasha a fim de agradecê-la por ter cuidado de Andrei, e assim as duas mulheres se conheceram. Conversaram sem parar sobre Andrei, a guerra e as famílias das duas. Elas se viam quase todos os dias e se tornaram grandes amigas.

Os Rostovs não podiam mais se dar ao luxo de morar na enorme casa de antes. Haviam perdido a fortuna e as posses. O conde, a condessa, Nikolai, Natasha e Sonya se mudaram para um pequeno apartamento em uma parte nada elegante da cidade.

Pierre Bezukhov foi o que mais mudou entre todos os seus conhecidos. Ele perdeu inúmeros bons amigos, mas também fez outros, e nos lugares mais improváveis.

Ele agora finalmente descobrira o que era importante na vida. E não era a riqueza ou a beleza, mas a bondade, a sinceridade e a gentileza.

Natasha sabia dos sentimentos do irmão pela princesa Marya pois recebera uma carta onde ele contava sobre a viagem que haviam feito juntos de Moscou.

— Marya fala de você com muita frequência — disse Natasha certo dia. — Por que você não faz uma visita para ela?

— Nossa família é pobre e ela agora é uma das mulheres mais ricas de Moscou — disse Nikolai, suspirando. — Ela não iria me querer.

— Marya pediu para morarmos com ela em Bald Hills — disse Natasha. — Lá tem muitos quartos e ela sabe que nosso apartamento é pequeno demais.

Nikolai balançou a cabeça.

— Como vou poder vê-la todos os dias sabendo que nunca poderei estar com ela? — ele perguntou. — É impossível.

Mas o conde e a condessa Rostov ficaram muito felizes ao aceitar a gentil oferta da princesa Marya. Estavam cansados de viver naquele apartamento apertado e desconfortável. E insistiram para que Nikolai visitasse Marya, para dizer a ela que ficariam encantados de morar em Bald Hills.

— Princesa — disse Nikolai ao entrar na enorme sala de estar em

Bald Hills. — Que bom vê-la. Sinto não ter vindo antes.

— E por que você não veio? — ela perguntou, tentando conter a alegria por ver Nikolai novamente.

— Achei que talvez não quisesse me ver — disse ele. — Minha família não é tão abastada quanto costumava ser.

Marya se lembrou de um tempo atrás, quando foi pedida em casamento no jardim de sua casa. Naquela época, ela não tinha nenhum sentimento pelo pretendente. Mas, ao olhar para Nikolai, soube que seria feliz passando o resto da vida ao seu lado.

E ele poderia ser o Czar da Rússia ou um limpador de chaminés. Isso não tinha qualquer importância.

— Pois você está errado. Eu não me importo com nada disso — disse Marya. E, respirando fundo, disse: — Amo você, Nikolai.

Nikolai sentiu um alívio tomar conta dele.

— Ama?

— Claro que amo.

— Então, você aceitaria ser minha esposa? — ele perguntou.

— Sim.

CAPÍTULO DEZENOVE

Na semana seguinte, a princesa Marya recebeu uma outra visita.

— Como é bom ver você — ela disse ao dar as boas-vindas a Pierre na sala de estar.

— Vim parabenizar você pelo noivado — respondeu Pierre. — E também para dizer o quanto fiquei triste ao saber sobre Andrei. Eu gostava muito dele, era um bom e verdadeiro amigo.

Marya agradeceu e sorriu, apesar de estar triste.

— Pelo menos ele contou com os cuidados de Natasha quando morreu — disse ela.

Diante da menção do nome de Natasha, Pierre olhou para cima.

— Natasha está bem? — perguntou.

Marya pareceu confusa.

— Você não a viu? — ela perguntou.

Pierre balançou a cabeça. Ultimamente, ele não conseguia pensar em outra coisa, a não ser em Natasha, mas estava ansioso para ir visitá-la. Afinal, ele sabia muito bem o que queria desesperadamente perguntar a ela.

— Agora ela está aqui — disse Marya. — Eu convidei os Rostovs para morar comigo.

Nesse mesmo instante, a porta da sala de visitas se abriu.

— Pierre! — exclamou Natasha enquanto corria para o cômodo. Ela abraçou o velho amigo e o puxou para perto da lareira, para que se sentasse ao seu lado.

Marya sorriu para Pierre.

— Vou ver o que Nikolai está fazendo. Tenho certeza de que

vocês dois têm muito o que conversar — ela disse.

Pierre e Natasha passaram a tarde conversando. Natasha estava mais feliz que de costume. E então suspirou.

— Não sei o que o futuro me reserva — disse. — Fiz algumas escolhas muito erradas na vida.

Pierre pegou a mão dela.

— Assim como eu. Talvez seja hora de tomarmos uma boa decisão juntos — ele disse, respirando fundo. — Natasha, sou apaixonado por você há muito tempo.

O sorriso se espalhou pelo rosto dela. Pierre era bom, honesto e gentil. Não havia ninguém no mundo com quem quisesse passar mais tempo do que com ele. E ela sabia que o que sentia por ele era amor verdadeiro.

— Você por acaso... — Pierre disse, corando um pouco. — Você aceitaria ser minha esposa?

Os olhos de Natasha se encheram de lágrimas.

— Sim, Pierre — confirmou a jovem, sorrindo. — Claro que sim!

EPÍLOGO

Os casamentos dos jovens Rostovs foram celebrados por toda parte. Natasha se casou com Pierre e assim se tornou a condessa Bezukhov. Juntos, eles tiveram quatro filhos. Sonya foi morar com os Bezukhovs, para ajudar Natasha a cuidar das crianças. Ela nunca se casou, mas amava os filhos de Natasha como se fossem seus.

Nikolai se casou com Marya, salvando o conde e a condessa Rostov da pobreza.

Além de terem os próprios filhos, Nikolai e Marya, juntos, criaram o menino de Andrei, Nicholas. À medida que foram crescendo, Nicholas e Pierre se tornaram bons amigos. Ao olhar para Nicholas, Pierre sempre lembrava de Andrei.

As duas famílias se viam com muita frequência. Os filhos brincavam juntos e os pais sempre estavam de olho nas crianças, imaginando o que o futuro reservava para eles.

Anna Karenina parece ter a vida perfeita. Jovem e bonita, ela mora em uma casa elegante em São Petersburgo com seu respeitado marido e seu filho. Mas está profundamente infeliz. A verdade é que seu marido, que é bem mais velho, faz com que ela se sinta entediada. Anna sente falta da vida animada e agitada da cidade em que cresceu, Moscou. Então, um dia, ao visitar a irmã, ela conhece o Conde Vronsky, um jovem e elegante oficial do exército, que a convida para dançar em um baile e ela se sente diferente ao lado dele.

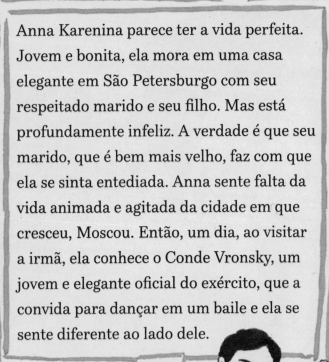

Anna vai proteger a vida estável que tem ou arriscará tudo por um amor proibido?